楕円形の森

大西昭彦

澪標

装幀　汐見大介

目次

楕円形の森

版画

ある美術蒐集家が日々読み耽っているのは、いたるところ虫食いのある一冊の古い本だった。背文字には『版画』とあるが、いつ刊行されたのかさえよくわからない。美術蒐集家が興味をもったのは、この本が一度は途絶えたマニエール・ノワールの技法を克明に語るものだと思えたからで、もしそうならば信じがたいほど貴重な資料になるはずだった。ところが読み進めるうちに、これがたんなる技法書などではなく、ひとつの失われた世界の物語であることに気づいた。無数の傷痕がもたらす銅版画の漆黒は喪失の物語であり、そこでは喪失によって喪失そのものが炙りだされる。すなわちこれは死によって死を描いた書だった。宿泊先の古いホテルの部屋で、美術蒐集家はそのことを確信した。

異国の町で、しかも野ざらしに近いかたちで、この本は売られていた。その店では、骨董や古書がまるで威厳のある死者のように横たえられ、静かな眠りをあたえられていた。そのなかの一冊を、偶然にも美術蒐集家が発見することができたのは、ひとりの掏摸《すり》によってあるものを盗みとられたからだ。それを探し求めて街路をさまようちに、この本に出会ったのである。巧妙に掏《す》りとられたものは、空に輝く太陽がもつ孤独であり、風に揺れるコスモスに隠れた激情であり、海の深みからふいに姿をあらわす巨鯨の栄光だった。

ある日、いつものように美術蒐集家が部屋で本を読み耽っていると、ひとりの若い女が訪ねてきた。彼女は国家遺失物取扱課の職員だと名乗り、あなたが掏りとられたものが見つかったというのだ。部屋に招きいれると、彼女は手にしていたジュラルミンケースをテーブルにおき、鍵をあけて、〈それ〉を見せた。なかにはいっていたのは赤く血に染まった心臓で、そのときもなお鼓動を続けていた。たしかにそれは美術蒐集家が奪われたものにちがいない。けれども美術蒐集家は受けとりを拒否した。神秘の黒に魅せられた者にとってもはや、赤い心臓などなんの意味もなかった。美術蒐集家はすでに死者たちでいっぱいのこの異国の町の住人であり、漆黒によってしか描かれえない存在になっていたのだ。

理髪師の晩餐

　夕暮れどきに、初老の男がひとり、静かに食事をしている。港に近いレストランのオープンデッキだ。夏の夕凪がおわり、やや風がではじめたころだった。テーブルには、真っ白なクロスが敷かれ、そこにひと皿の料理がうやうやしく運ばれてくる。男は右手にナイフ、左手にフォークをもち、白い皿のうえで一片の肉を切りわけ、それを突き刺し口に運ぶ。毅然としてそれをする。男は腕のいい理髪師なので、鋏《はさみ》はもとより刃物の扱いには熟練している。革砥《かわと》で念入りに研いだ剃刀《かみそり》をすっと引いた感触が、仕事をおえたいまも、かすかだがその手に残っていた。

男は白髪まじりの髪を短く整え、白いシャツにネクタイをしめ、サスペンダーをしている。男のほかに、客はいない。きょうは職務遂行の日だった。理髪師は広場に設置された処刑台の階段をのぼり、椅子のうしろに立った。そのあと椅子に固定された受刑者の、その顎《あご》をそっともちあげ、喉もとにあてた剃刀を真横に引いた。特別な仕事のあとはいつも、このレストランでひとり食事をとる。西の空には濃いオレンジ色が広がっていた。世界はいまにも崩れそうだ。男は狂った色の夕空を眺めながら、血と肉の味を愉しんでいる。その姿に、敬意のまなざしをむける者もいるのだ。

会計士の庭

幼いこどもたちが夜泣きをしたり微熱をだしたりするのは、夢の迷宮をさまよっているからにほかならない。夢に囚われないためには、夢を理解する必要がある。それには、脳が言語爆発という劇的な発展を遂げるまで待つしかない。こうして人はようやく夢から解放される。あらゆる現象を説明できる言語という魔法の杖を手にすることで、迷宮は庭に変貌するのだ。だが、錯覚してはならない。世界の真の姿は、庭ではない。

小さな港町の靴屋の長男として生まれた男は、こどものころから成績優秀で、学のない父親の期待を背負って名門大学を卒業した。その後、会計士の資格を取得して独立し、若くして靴屋の年収の数十倍を稼ぐようになった。それを維持し発展させていく努力も怠らなかった。会計士は財をなし、豊かな家庭を築き、贅沢な遊びも知った。にもかかわらず、密かに場末の売春窟にかよい、淫らな遊戯に耽った。整えられた庭に隠れひそむ、不可解な迷宮をさまよい、熱にうかされることを、男はけっして手放しはしなかった。そこには、世界に近づくための仕掛けがあるのだ。

やがて会計士は年老いていった。ある夜、運河べりの古い煉瓦倉庫の横で、水たまりにうつぶせになった裸の死体が発見された。会計士の死は、あらゆることが秩序だって高速処理されるこの世界のシステムにならって、もっともらしい理由がつけられたのち、データベースに格納され、忘れさられていった。理解とは忘却であり、捨象なのだ。じっと観察すればわかるだろう。一日の終わりにはいつも、遺棄された言葉たちが、蜂の群れのようにブンブン翅《はね》をうならせて、人々の脳神経回路を飛び回っている。出口のない牢獄のようなその回廊で、蜂たちはやがて行き場を失い自壊していく。しかし、その事実を知る者はめったにいない。

カフカと蝶

カフカを読む彼女は太ももの内側に、蝶を飼っている。小さな青い〈それ〉はひらひらと気まぐれに飛翔し、とらえるのはとても難しい。あれは、囚われの娼婦であった彼女に、解放の夢を見せる幻灯機だったのだろうか。それとも逃亡した彼女を、もといた場所に引きもどし、押しとどめようとする拘束の枷《かせ》だったのか。あたりには地獄の邏卒《らそつ》たちがうろうろ見回りをしているのだが、どうやらいまのところ、彼女の姿は見えていないらしい。

蝶を飼う彼女が読んでいたのは、百年まえのライプツィッヒで、わずか六八ページの本として出版された短編小説だった。『流刑地にて』

と題されたそれは、からだによって理解する言葉の物語だった。その流刑地では、うつぶせにされた囚人のからだに刺青がほどこされる。《製図屋》と呼ばれる機械には、《馬鍬》という鋼鉄製の針がとりつけられ、文様を刻む。針が刻む文様は、囚人の罪状を記した判決文だ。処刑は十二時間かけておこなわれ、からだじゅうに文様を彫りこまれた囚人は、最後に死体となって処理される。人は重ねてきた罪や咎《とが》、穢《けが》れをそのからだに刻みこまれ、すてられる。

蝶とはひとつの願望であり、ひとつの呪詛でもある。その烙印とともに、彼女は夏の日にあらわれ、夏とともに姿を消した。カフカがとりわけ好んで読んだというニーチェはたしか、こんなことを書いている。希望というのはほんとうのところ、禍《わざわい》のなかでも最悪のものである。希望は人間の苦しみを長引かせるのだと。青い蝶はその寄る辺なさゆえに美しく、電灯のしたで妖しく命を輝かせていた。日が翳りふいに、ひんやりした風が娼婦の頬をなめ、それまで灰色に押し黙っていた彼女はあのとき、天使にでも出会ったようなしあわせな笑みを浮かべた。蝶がひとつの宣告であることを、彼女は知っていたようだ。

タタウ

海辺の集落で暮らす人々のからだには、あますところなく緻密な青い文様が彫りこまれている。それらが服の裂け目からちらちらと見え隠れするさまは、なまめかしくうねる蛇のようだ。すなわちそれらは文様以上のなにか、生命のようななにか、死のようななにかであると、だれもが気づいている。彼らは、タタウと呼んでいた。はるかむかしにこれを伝えた船乗りが、遠い熱帯の島でそう呼びならわされていると語ったので、いまもその名前が残っている。タタウとは、叩くこと、打つことを意味するという。鑿《のみ》によって皮膚に叩きこまれたもの、すなわちその刻印は宿命となる。

その集落ではまず、神秘の力を宿した者に、〈それ〉が彫りこまれる。そのからだから、畏怖すべき力が流れだすのを食いとめ、その力が暴走しないようにするためだ。こうして文様をほどこされた者は隔離される。同様に、力をもたない者にも、〈それ〉がなされる。彼らがその力に侵されたり、感染したりしないためだ。〈それ〉は皮膚に彫りこまれることで、肉体とともに変化し衰え朽ちていく。移ろうものに永遠を見ようとしたのか、それとも移ろうことに意味を見たのか。とにかく、もっとも親密な存在であるからだを弄び、変容させることで、神に近づき神から遠ざかったのだ。

山麓の集落で暮らす人々は、富と家畜をもっていたが、神秘はもちえなかった。そのため、なんとか〈それ〉を手にいれようと思っているのだが、容易なことではない。ゆいいつ残された方法は、諍いを起こし、その混乱に乗じて略奪することだった。首尾よく盗むことができたならば、牛の皮剥ぎ技術をもった男が、奇妙なかたちに反った牛刀を器用に扱い、生きたまま〈それ〉を剥ぎとっていく。残酷に思えるが、〈それ〉は〈それ〉をほどこされた人の命とともにあるのだから、ほかに手がない。皮を剥がれた者は、真っ赤な肉の塊となっても死にきれず、叫び声をあげ続け、やがてそれも弱まって命つきる。あとには、美しい皮だけが残る。人々はそれを眺めたり纏ったりしながら、神秘になったつもりでいる。

塔

私の暮らす港町では、急峻な山が背後に迫っている。その山の頂付近には、先の尖った細長い岩が、まるで塔のようにそびえていた。不思議なことにその塔にはいたるところ人間の顔、しかも叫び声をあげているような苦悩に満ちた顔が浮かびあがっていた。

一説では、この地はかつて海の底にあり、塔は波に浸食されて生まれたという。そうではなく、塔ははるかむかしに神の手でつくられたという者もいた。ただ、人々が口をそろえていうのは、塔とは掟であるということだ。私はこどものころからその奇怪な岩を、いや塔を、間近で見たいと願っていた。けれども、両親はもちろん町の人々はそれを許しはしなかった。塔は遠くから眺めるべき存在で、塔もまた苦しみの顔とともに町を眺め続けているのだった。

ところがここ数日、どこからともなく奇妙な声が聞こえてくる。塔に刻まれた顔がうめいているのだと町の人々は噂した。この港町では何年も続いた諍いによって多くの人間が死んだので、彼らが言葉にならない言葉で訴えているのだと。生きながら焼かれた者やからだを裂かれた者もいた。私は閉ざされた窓の隙間から、石畳の十字路にころがる多くの死体を見た。いまは殺戮こそ治まったとはいえ、死者たちの声が聞こえたとしても不思議はない。人々はその声におののき、祈りを捧げた。

そんなある夕刻、奇怪な色に染まった空のしたで私は、あの十字路に立ち、塔を眺めた。塔は真っ逆さまに夕空に突き刺さっていた。そのあたりから赤橙の血の色がにじみだし、空は石の建物にはさまれた細長い川となって、私の頭上を流れ、どくどくと海にそそいでいた。私はそのときはじめて、すぐそばに塔を感じたのだ。

白鳥殺し

白鳥殺しが罪なのかどうか、男は知らない。ここでは法律ではなく、掟によって秩序が保たれている。人々は掟にしたがって暮らし、子を産み、老いて死んでゆく。掟とは楽園なのだ。男はその掟にしたがい、すべてがまだ寝静まっている夜明けまえの湖で、冬枯れの葦の茂みに身をひそめる。凍てつく新月のときも、しんしんと雪が降るときも、それをする。やがて一羽の白鳥に狙いをさだめ、気づかれないようにそっと近づき、よく研いだ鎌でその首を刈りとる。白鳥の首は高く売れるので、多くを刈ることはない。

男の家では代々、白鳥の狩りを生業《なりわい》にしてきた。祖父や父がそうしたように、男もまた幼いころから長い歳月を費やして、首刈りを習得した。その技法がとりわけ優れているのは、白鳥たちが首を失ったことに気づかず湖を泳ぎ続けていることからもわかるだろう。しかも、信じられないことだが、二十日もすれば白鳥の首は再生する。だから白鳥たちが北へ旅立つころには、きちんと首が生えそろっているように、狩りは冬の一時期にかぎられている。ただ、首を刈られた白鳥はすでに死んでいるのだ。

掟は呪縛だ、という考えに冒される住人もいた。すると掟破りが起こる。男はそうしたいとは思わないが、その考えを否定しているわけでもない。楽園とは檻なのだ。しかし、檻から逃げだしたところで、そこには荒野があるだけで、だれもが戸惑い立ちすくんでしまう。そうして結局は楽園にもどってくる。ひとたび落ち人の烙印を負った者は、その瑕《きず》を生きる。それもまた掟だ。朝霧のたつ季節になった。冬も終わりが近い。男は殺した白鳥たちを北へ送り、弔い人として春を生き抜く。

サラマンダー

連れの男は熱を帯びたような目で空を見あげると、「ターコイズには世界が宿る」と口にした。ターコイズがなにを意味するのかは知らないが、ターコイズブルーというのは聞いたことがある。ブルーというからには青の一種なのだろう。ところが、見あげた天蓋《てんがい》はどんよりした鈍色に埋めつくされている。連れの男はなにをいっているのか。雨が近い。

しばらくして降りはじめた雨のなか、私たちは河口の橋を渡った。川は緑青色に沈んで流れてゆく。人のように流れてゆく。痩せた男がひとり、濡れながら歩いてくるのにでくわした。貨物埠頭につながるこの橋のうえで、傘のないその男とすれちがったとき、視線があう。私たちのような流離《さすら》う男なのだと思った。灰色の空に、鳥の群れが舞っている。

この埠頭には、港湾労働者のための診療所がある。医者は白髪頭で背が高く、むかしは貨物船の船医だったというが、ここに流れ着いて根をおろした。その医者から以前、赤道の話を聞いたことがある。じりじりと太陽が照りつけ、すべてが静止しているようで、海は魔物だったと。恐ろしい世界だ。連れの男は、この話を聞いたことがあるのだろうか。

連れの男は髪の毛をアフロにし、左腕には青いタトゥーを彫りこんでいた。図柄はサラマンダーだ。火の精霊だといってやると、そうなのかと笑顔を見せた。「深皿には蜜がある」とか「洗濯ばさみは貝の化石」などと、意味不明なことを口走るこの男にしてみれば、火の精霊など陳腐だとは思うが、とりあえず笑顔を見せたので意味は通じたのだろう。

肉体を痛めつける荷役の仕事は嫌いではない。なにも考えずにからだを駆使すれば時がすぎる。崩壊する時間にたいする肉体の優越があるのだ。だが、忘れているだけだろう。なぜなら、雨の日にはそれを思いだすからだ。すると、時間の崩壊がはじまる。世界に混沌が忍びこんでくる。連れの男はそんな雨が好きだという。混沌を友にしているらしい。

崩壊する時間は静かな顔をしている。そんな気がしてならない。私は医者が口にした赤道の魔物を、この目で見たいと思った。じりじりと太陽が照りつけるその静かな海を。それをターコイズというのだろうか。あらゆるものが灼きつくされ、あらゆるものが静止している場所。魔物はそこに姿をあらわすのだ。まるで火の精霊サラマンダーではないか。

昼飯はたいてい、古びた港湾施設の食堂でとる。折り畳み式の長テーブルがならぶ殺風景な空間だ。そっけないコンクリートの壁も無愛想でいい。ここは混沌から守られている。埠頭の領域そのものに、結界が張られているのかもしれない。医者が白髪頭を垂れ、窓際でカレーライスを食っている。長い指でスプーンをにぎって、じつにつまらなそうだ。

空気が薄いガラスのようにわななないている。一羽の鳥が海へと急下降していった。ふいに気圧がさがったと感じる。旗をあげるためのポールが、窓越しの空で細かく震えている。私のなかの気圧計の針も、繊細な揺れを示していた。きっと雨の日だからそんなふうに思うのだろう。海はやや荒れて、冬の色だ。凶暴な獣の顔をしているので、怖くなはい。

解剖医と雨

冬にはめずらしく激しい雨が降った。すでに日付も変わった深夜のことだ。解剖医はその日、警察からの依頼で、若い男の解剖をおこなった。痩せてはいるが、ひきしまったからだの若者だった。解剖は日常の作業だが、その日はなぜか、なにかがひっかかったまま頭の隅から離れない。だれもいなくなった研究室で、解剖医は席を離れ窓辺に近づいた。中庭の樹々を雨が打ち、その音が聞こえてくる。そのときふいに、十九歳の早春に見た雨のことを思いだした。

大学に合格して、小さな港町をでたはじめての夜のことだ。古い下宿部屋の窓をあけると、暗い裏庭を雨が濡らしていた。みすぼらしいその小さな庭がどういうわけか典雅で、そのぶん闇が深いと思った。千年もむかしの世界に感じられたのだ。医者の子弟が多い医学部進学者にしてはめずらしく、彼は母ひとり子ひとりの家庭で育ち、けっして裕福ではなかった。母は漁協の非正規職員として働き、彼を育てた。激しい雨が水底の淀みをかきまわし、沈んでいた記憶をふっと浮かびあがらせる。と同時に、解剖医は外的な刺激と脳機能との関係にその思考を誘われたが、それを打ち破るものがあった。

雨音にまじって、低音からふいに高音へと高まる笛の音のようなものを聞いたのだ。外では雨が降り続いている。そのなかを、一筋の煙のようなものが立ちあがってくるのを、解剖医は目にした。やがてその雨の束は、群雲がかたちを変えるようにして、龍の姿になった。降りしきる雨が束のようになって、そう見えることもあるだろう。しかし、解剖医が目のあたりにしているものは、錯覚というにはあまりにも鮮明だった。そう思ったとき、稲光がひらめいた。龍は黄金の色に染まり、響いてきた雷鳴のなかでそのからだをうねらせ、天に昇っていった。

春霖《しゅんりん》

悪女、という話になった。

春霖が中庭を濡らしている。

そこは異国人が多く暮らす街区で、私たちは老舗の中華レストランにいた。グラスにはいった老酒《ラオチュウ》をぐっと飲みほすと、旧友はその日買ったという小さなアーミーナイフをとりだして私に見せた。唇のような赤い色だった。悪女のようだろ、という。やや古びた表現だが、かわりの言葉が浮かばないらしい。悪はいうまでもなく女の精神性をさしている。性悪女では軽薄すぎて、毒婦だと域を超えてしまう。悪女はその境にあって、微妙に揺れている。酔っているかのようだ。いや、酔っているのは私たちか。

友人は社会的地位のある男だが、それはここでは関係がない。彼は悪女について語りはじめる。その奔放さやちょっとした秘密、思わせぶり、ときに手ひどい冷遇を。つまり、相手は存在しているけれど、存在していないのだ。ただ、それはとりたててめずらしい話ではない。エロティシズムへの傾斜ははからずも生殖から乖離し、挫折やはぐらかしによって欲望を暴走させることになる。こうして私たちのだれもが、生贄《いけにえ》の羊をさしだすように、みずからの欲望を祭壇に捧げ続けることになるのだ。そんなことは重々わかったうえで話をするのは、なぜなのか。

私は友人の私生活に関心はなく、彼も同じだろう。話はある種のコントとして披露されたのだ。そう思って、耽溺か、と軽くいなすと友人が笑った。耽溺ならいい。いずれなにかを見て帰ってくるだろう。そうでなければ水死体になる。いや、狂気ということもあるか。友人はポケットにしまった小さなアーミーナイフをとりだして、その感触を愉しんでいる。赤い唇が彼の手のなかであえいでいるかのようだ。チェーホフの言葉を、ふと思いだした。短編小説の構成といった話で、最初に猟銃が壁にかかっていたら、いつかはその銃口から弾丸が発射されなければならないと。

夜の庭で、雨が勢いを強めている。

春の雨にしては、激しすぎる。

饗宴

梅雨にはいると、何日も雨が続いた。湿り気を大量にふくんだ空気が、コンクリートの校舎に巣食っている。放課後、部員たちはぞろぞろと部室に集まり、学校の制服から練習着に着がえる。部室といっても体育館脇にある掘っ建て小屋で、物置きのような場所だった。練習中に激しい雨が降りだす。校庭はみるみる水浸しになって、とても走れる状態ではなくなった。ずぶ濡れの部員たちは先を競うように部室に避難した。部室は狭く、十五人の部員たちは立ったまま身動きがとれないほどだった。

雨の日々は続き、部室はひどく黴臭い。そのせいだろうか、部員たちは泥だらけになるのもかまわず、野外で練習に興じていた。泥は太ももから下着にしみこみ下腹部にいたった。練習は強制ではない。ボールを追いかけ泥と戯れることが、若いナルシシズムをかきたてたのか。あるいは、自虐的でどこか淫靡な欲望を刺激していたのか。その寡黙なひたむきさは、この学校では異質だった。教室では凡庸な生徒である彼らの、校庭での異様な姿は、近寄りがたいなにかがあった。熱心さというものではない、狂気じみたなにか。それは影かもしれない。

夕暮れが迫る校庭に、長々と伸びる若者たちの影。西陽に照らされたそれらは、皇帝の戦士たちのように威厳があり、どこか哀しげでもあった。しばらく休息していた雨雲が、また空を灰色につつむ。雨は恩寵なのか懲罰なのか。影たちはおかまいなしに、ぬかるみを駆ける。校庭は雨に煙って、饗宴はたけなわを迎える。だが、皇帝などだれも見たことはないのだ。やがてひとりが狩られ、さらにまたひとり。若者たちの流した血が校庭を赤く染めているのに、それに気づく者はいない。いつしか彼らの姿は校庭から消え、ただ雨だけが降り続いている。

夏の湖

真夏に、湖まで泳ぎにいった。ひなびた駅で電車を降りるとそこは、開発の手が伸びていない、のどかな田舎町だった。陽に照らされた白っぽい道を、僕たちは湖のほとりまで歩いていった。若い男ばかりだったので、浜で水着になり、沖まで泳いでいった。ぷかりと湖に浮かんでいると、遠くで蝉の声がしていた。ひりひりとするような夏の陽ざしだ。

ひと泳ぎすると昼になって、集落にある一膳飯屋にはいった。老夫婦が営んでいる店だった。席につくと、冷たい茶が湯のみでだされたが、数がひとつ多い。それをいうと、老女がやや怪訝な顔をする。

まぁそういうこともあるだろう。焼き魚をおかずに大盛り飯を食べていると、外が急に騒がしくなった。空にはヘリコプターの激しいプロペラ音も聞こえた。なにかあったのか。老女に尋ねてみたが、困惑した顔で首をふる。昼飯をおえて外にでると、午後の太陽が照りつけてますます暑かった。

僕たちはまた、湖にはいって泳いだ。空で旋回を続けるヘリコプターの姿は、ジュラ紀の翼竜のように獰猛だった。人が溺れたのかもしれない、とひとりがいった。僕たちは黙って沖に目をやった。湖底では水が渦を巻いて、溺死体はなかなかあがらないという。発見されることもなく、永遠に水中をさまよう死者の姿は、恐ろしく孤独だ。そのイメージにとらわれながら、僕はひとり沖まで泳いでいった。湖岸をふりかえると、白いカブに乗った駐在が、岸辺の松林を走り抜けていくのが見えた。

まぶしい太陽のしたで僕は目を閉じ、長いあいだ、仰向けになってぽっかり浮かんでいた。水の音と蝉の声につつまれ、しだいに感覚が麻痺してくる。息を吐いていくと、僕のからだがゆっくりと湖に沈んでいった。水は思いのほか冷たく、すべてが無に還っていく。そこは音のない世界だ。なんだか幽霊といっしょに泳いでいるようだった。それどころか、僕自身が幽霊になったような気がした。それは思ったほど嫌な気分ではない。僕はずっと以前から、すでに水葬された死体だったのかもしれない。

夜行《やぎょう》

水音がこころよく耳に響く。連れの男はまたタバコをふかしている。私はその部屋の低い天井や壁一面に塗られた朱色が気になってしかたがない。これを紅殻《べんがら》というらしい。女衒《ぜげん》として生きてきた連れの男は、かつての娼家の中二階に間借りしている。こういう場所では、壁や天井を紅殻に塗りこめたそうだ。私たちは雨に濡れたからだを酒で温め、眠りについた。その夜のことだ。かすかな雨音らしきものが耳について、私は目を覚ました。まわりのものさえ見えないほどに部屋は暗かった。ただ、小さく開いている虫籠《むしこ》窓の隙間から、やや赤みを帯びた光がさしていて、私は誘われるようにそこに近づいた。すでに雨はやんでいる。聞こえていたのは、雨音ではなかった。耳をすませば、それは鈴の鳴る音で、笛の音もかすかに響いてきた。なにかが近づいてくる。

赤い光がやや強くなって、濡れた地面を無気味な夕焼けの色ににじませた。何人かのこどもたちが踊りながらやってくる。よく見ると、幼児ほどの背丈の小鬼たちで、十匹ほどがなにかしゃべりながら、あるいは歌いながら路地をとおりすぎていく。光がさらに赤みをました。またなにかが、くる。やがて大きな裸足の足があらわれ、つぎに筋肉で盛りあがったふくらはぎ、大腿部、腹部、胸部。身の丈三メートルはあるだろう。気がつけば、虫籠窓の高さにちょうど鬼の顔があった。赤茶けた横顔が、とおりすぎてゆく。そのまま通過するかに思えたとき、鬼は立ちどまり、ゆっくりと首を回した。獅子のたてがみのような剛毛が頭部をおおい、そこから二本の角が生えている。どこかしら獣じみて、人のからだに牛か羊の頭がついているような印象だった。業火のような赤い目が私を射る。私は卒倒した。

翌朝、といっても昼に近い時刻に目覚めて、連れの男にその話をした。鬼を見たと。どんなふうだった、と問うので、クレタ島の迷宮に棲む怪物ミノタウロスのようだ、と私はこたえた。キマイラというものなのか、とにかく夢にしてはあまりに生々しいと訴えた。すると連れの男は鼻で笑うようにして、それでも美しい声でこういった。夢であるか現《うつつ》であるかなど、だれにもわかりはしない、おれは女売りだが売り飛ばされ凌辱されて死んでいく女たちでもあるのだからと。もしかすると連れの男は、千年の長きにわたって、路地という路地で転げまわり吹きだまった声をすくいあげ、差配してきたのかもしれない。よく見ればこの男の顔は、夜行の先陣を務めた小鬼のそれではないか。

白狐

吹きさらしの河原だった。マイクロバスにぎゅうぎゅう詰めにされて、僕たちはそこに運ばれてきたのだ。冷えびえとした河をまえに、だれもがややひるんだ表情になっていた。それでも、助監督の指示で合戦シーンのリハがはじまると、僕たちは枯れ野を駆けた。それは何度も何度もくりかえされた。エキストラはみんな足軽役で、足袋と藁草履をはかされている。こうして主演男優を待っているのだが、いつまでたっても彼は現われはしなかった。季節は冬のはじめで、ひどく寒い日だった。

何度目かのリハのとき、枯れたすすきの茂みに、白い狐面をつけ白装束に身をつつんだ男を見た。そいつが舞うように枯れ野を跳梁している。着物のすそをはためかせ、人とは思えない身の軽さで、冬の野を舞っている。しかも、その手には血の滴る生首をぶらさげていたのだ。奇妙な演出だと思っていたが、つぎの瞬間にはもうその姿を見失ってしまった。いまの見たか、と友人に尋ねたが、なにを、とこたえたきり寒そうに肩をすぼめている。狐面は二度と姿を見せなかった。男優はなかなか到着せず、結局三時間待たされて撮影がはじまった。時間はおして、ふたたびマイクロバスに乗りこんだのは、すっかり陽が落ちてからだった。からだは氷柱のように冷えきっていた。僕はひどい風邪をひいた。

その冬はいつまでたっても、寒さがゆるまず、僕の咳もとまらなかった。二カ月ばかりゴホゴホやったあと、近くの小さな診療所を訪れた。注射を打たれ、薬を処方された。なんとか咳がおさまると、今度は歯が痛みだした。これは我慢できず、すぐに歯医者にいった。抜歯ということになって、いきなり歯茎に麻酔注射をされ、ペンチのようなものでゴリゴリと歯をねじりとられた。歯科医は血に染まったピンク色の糸屑のようなものを見せ、これが神経です、とひと言つぶやくようにいった。それはあの河原で見た生首そのものだった。白狐は神の使者とも聞くので、生贄を必要としているのかもしれない。この冬、ひとりの友が失踪した。僕は診療室の窓に目をやる。外は粉雪の舞う、やはり寒い一日で、灰色の空で電線が風に揺れていた。

ストロー・ドッグ

広々とした大学構内の一角に、馬五頭をもつ馬術部の領域があって、そこに一匹の老いた牝犬《めす》が暮らしている。名前をホワといった。がっしりとしたからだつきで、毛はがさがさとこわい。馬たちが馬場を走るときは柵のそばに姿をあらわし、馬たちが厩舎にいるときはその周囲を見回りもする。雨が降ると濡れた砂のうえに、ホワの小さな足跡が残った。大学は高台にあって、町からは隔絶されている。ホワもまた隔絶されている。しかし、一日に一度だけ、夕暮れどきにホワは坂道をくだって、町におりていく。住宅地のなかをしばらくぶらついたあと、陽が落ちるまえに、あの領域にもどっていくのだ。

ホワは愛想がいいわけでもなく、悪いわけでもなかった。寝そべっているホワに近づくと、頭をもたげ、わずかに尻尾《しっぽ》をふる。顔見知りの人間から名前を呼ばれると、のそのそ近寄っていくこともあった。腹をさすられると、されるにまかせているが、愉悦のあまり腹を上向けるようなことはけっしてない。その表情はまったく変わらず、警戒心を解いているわけでもない。思慮深さと頑なさが、ただじっと地べたに横たわっている。それはひとつの、年老いたなにかだ。役割をまっとうして、やがて打ちすてられるなにかだ。

わらの犬、と老子は書き残している。天地自然は非情であって、あらゆるものをわらの犬のように扱うと。古代中国では、わらでできた犬を祭祀の捧げものとし、用がなくなると踏みつけてすてた。天地自然のなかで、人間も、容赦なくすてられる。

プワソン・ダブリル

その町では、あらゆるものを河に流す。残飯や汚物、希望や絶望、栄光や尊厳も。魚たちはそれらをたらふく胃袋にいれて、丸々と太っている。だが、冷徹な目をした四月は、冬の揺籃期のぬくもりを容赦なく暴いていく。生存とは残酷だ。

洗濯女はこの河を仕事場にしている。人々の衣服や寝具を洗い濯ぎ、汚れを流すのだ。その年は凍えるような寒気が居座って、四月になっても春は遠かった。毛玉のついたマフラーを首に巻いた幼い女の子が、河べりにかがんで仕事をする洗濯女の、すり切れた服のすそをつかんで離さない。橋を渡っていく飴売りを見あげる女の子の、乾いてぱさついた髪を冷たい風が乱していった。飴売りのうたう客寄せの唄が、さびしげな水面を流れていく。油断ならないこの季節、雀たちは寡黙で、石の建物は水曜日の雨のように孤独だった。

　四月には魚たちが産卵期にはいるため、河は禁漁になる。放蕩者の男たちはそのまえに、こぞって魚釣りにでかけるのだが、洗濯女の夫はいつもボウズだった。それを見て、釣り人たちは男に悪戯をした。河にはいない魚を投げこんで、釣らせてやったのだ。男たちはそれをこう呼んでいた。四月の魚《プワソン・ダブリル》。悪戯は憎悪ではなく、愛情でもない。心なさだ。冷たい風が水面を吹きすぎる。生きづらいこの季節を、素知らぬ顔やとぼけた顔でしのいでいく懸命で、不器用な者たちから学ぶべきことは、実のところ多い。けれども、あの橋から身を投げる者はあとを絶たない。その屍を胃袋にいれて、魚たちはまた太っていく。

鷺のいる河口

鷺はひとつの魍魎なので、注意しなければならない。ふたつの世界の境域に棲息し、夜に青白く発光するともいう。その日見た大きな白い鷺は、河口の浅瀬に片足で立ち、長い首を傾けた姿勢でじっと川面を見ていた。やがてその首が瞬時に伸び、黄色く鋭いくちばしが水を突き刺す。鷺は一匹のボラを捕獲していた。その大きさをものともせずに丸のみにする鷺の目は、乾いて凶暴だ。ボラの貪婪を、鷺の貪婪が食う。花びらが流れていく。春爛漫の季節に、ひとつの魍魎が棲息している。この世界のすぐそばにいるのだ。

河口にかかった橋を、私は毎日、自転車をこいで渡っていった。そこもまた、ふたつの世界の境域にある。だから私は目立たないように、静かに、ゆっくりと人生のようなものを渡っていく。ただ、忘れてはならないことが、ひとつある。私が鷺を見ているのではなく、あくまで鷺が私を見ているということだ。だから、その襲撃から逃れることはできない。私のかたわらを、一台のトラックが埃を舞いあげて走りさっていった。いつ食われても不思議はないのだ。私の肋骨はひどくさびしい。鷺の、暗い胃袋に飲みこまれていく魚のような寂寥だ。

タンポポ

廃墟の町で、タンポポを見た。濃厚なクレパス画のような花だった。兵士だった男はその情景をときどき思いだす。逆行性アムネシアの男には、そのほかの記憶がない。ただタンポポだけがある。

多くの人間を殺してきたらしいこの兵士は、高い教養をそなえていて、Taraxacum《タラクサクム》 Officinale《オフィシナーレ》というタンポポの学術名さえ思い浮かべることができた。解毒や利尿などの薬効からインディアンが薬として用い、フランス語の正式名 pissenlits《ピサンリ》が〈寝小便たれ〉を意味することも知っていた。しかし、どこかユーモラスな名前とは裏腹に、兵士が見たタンポポは毒々しい原色を廃墟にさらし、とげとげした葉で周囲を威嚇していた。やがて花は萎れて変色し、茎は倒れるが、しばらくするとまた立ちあがり、以前にもまして高々とその背を伸ばす。花のあとには、白い綿帽子があらわれた。

あれは戦争だったのだろう。人は無残な死にかたをして、大地は荒廃したのだ。兵士はすこしずつ思いだす。廃墟に生きる人々の、凄惨で、美しい表情を。ところが、狂気をはらんだ春が訪れてくるころには、美しいものは姿を消していったのだ。回復とは、元の木阿弥だということなのか。そんなある日、無数の綿毛が飛びかっていた。兵士は小さな白い魂のようなものにつつまれ、そこで笑い声を聞いた。はじめは密やかに、それがしだいに高らかな哄笑へと変わっていく。声の主は一匹の小さなゴブリンで、たいていはセイヨウハコヤナギの木の枝に腰をおろし、奇妙な笑みを浮かべて、人々を見おろしていた。

夏の雨

あの駅に名前はあったのか。あるいは、みんな忘れてしまったのかもしれない。荒地に建つ古い駅舎を離れ、詩を書く男は線路を歩いて、列車に乗りこんだ。夏の暑い盛りで、ゆらゆらと立ちのぼる陽炎が人々を影のように揺らめかせていた。列車は大きく息をつくようにガクンと揺れ、ゆっくりと走りだした。殺戮の地を逃れる人々を乗せ、列車はいくつもの国境を越えた。最後までいっしょだったのは、貧しい身なりの老女だけだった。

異国の街にたどり着くと、そこは夏の雨だった。古い駅舎をでると、雨に濡れながら歩いている老女のうしろ姿があった。彼女はすり切れたビニール製の鞄を、人生のように両手にぶらさげている。まるでベケットの不条理劇だ。老女はなにかを待ち続けているのか、それとも老女という異物が場所のヴェールを剥ぎとるのか。なにせ殺戮者たちはいまも、この都市のいたるところに影となって張りつき、暗い銃口を人々にむけているのだ。

男はひどく疲れて、空腹だった。もう丸一日なにも口にしていなかった。食堂が開くのはまだ先なので、場末のカフェで珈琲を注文した。日曜日の朝、ほかに客はいない。オーニングからはみでたテーブルを、夏の雨が濡らしている。だが、荒地から遠く離れてもなお、あの炎天下を歩いている感覚は消えない。なにかの気配が詩を書く男にまとわりついて、神経をひりつかせている。ゴーストたちがいるのだ。いや、男がゴーストなのか。

たしかに存在しているけれど、手づかみにできないものは多い。世界は説明されることを望んでいるが、人はそれを恐れる。そうしてすべては忘れさられる。ところがあるとき、その気配だけが蘇生し、言葉を探してさまよいはじめる。やがてぼんやりした塊が浮かびあがり、それをある形式をもった言葉に組み立てるのだが、そのときすでに言葉は死んでいる。その屍《しかばね》に死化粧でもするように、詩が曝される。それはとても無残なことだ。

夜の兵隊

深夜にひっそりと寄港した貨物船から、だれにも知られず、彼らは下船してきた。見れば、うす汚れた戦闘服を着た兵隊たちで、ボロボロの戦闘帽を目深にかぶっている。ざっくざっくと重い靴音を響かせ、埠頭を歩いてくる兵隊たちは、だれもが無言で、表情らしい表情さえなかった。そのまま故郷にも帰れないだろうから、こうして夜どおし歩いているほか、なすすべがない。それはあまりにせつない。

やがて兵隊たちの足音がとまった。硝子戸の外から、じっと一膳飯屋をのぞきこんでいるのか。それとも女たちの家のまえに寂しく立ちつくし、なかの様子に聞き耳をたてているのか。ならばせめて私がラッパを吹いてやろう。軍隊ラッパではなく豆腐ラッパの音を聞かせてやろう。そうしてできたばかりの絹漉しをそっとこの手で水からすくいあげ、包丁できれいに切りわけて、みなにふるまってやろう。

白い海

灰色猫のあとを追って細い路地を抜けると、船着き場があった。こんなところに海があったのか、と不思議に思うのだが、たしかにあったような気もする。さびれた待合室に足を踏みいれると、制服姿の中学生が三人、立ったままなにか話をしている。楽しそうではあるがその様子には、どこか違和感がある。生きている感じがしないのだ。そういえばあの色白の少年は、二年まえに縊死した飴屋の息子ではないか。意外と元気そうだと思いながら外を見ると、目のまえの海は白くもやっている。波さえないような静かな海だ。「北の海は蚕蛾の鱗粉の色」と口にしていた同級生は、人に飼われることによってしか生きられない蚕を憎んでいた。それゆえサイコロを手に旅をする壺振り師になったのだが、賽の目に嫌われたあげくに、袋詰めにされてこの海にすてられた。

白い海の風景のなかに、ぼんやりと船らしき黒い塊が見える。すっかり錆びついているが、まだ死んではいない。死なずに白い海に浮かんでいる。それどころか、白いもやの海を棲みかにした巨大な船は、人々の無意識のなかを流れていくひとつの想念として、そこにあり続けている。あれは、かつて私の下半身を食いちぎった鯨の亡霊かもしれない。

運河

細長い舟が夜の港に舫ってある。あたりは河口の倉庫街らしい。そのむこうに三本の煙突があって、ぬぼっと空にそびえていた。月光に照らされた桟橋には、漕ぎ手らしき男が立っている。まだ年は若い。舟は過去を旅するためのもので、すでにいく人かの旅人たちが乗りこんでいた。私が乗りこむと舟は岸を離れ、昏い河口をゆっくりと進んでいった。人々は無表情で、川面を眺めながら、時間の旅をする。

舟はゆく。いつの間にかあたりは、入り組んだ運河のような場所になっていた。周囲には石造りの古い建物があって、迷路のような水路を、舟はゆっくりとさまよう。よく見れば、この町にはしばらく逗留したことがある。運河べりのテーブルでひとり食事をしたことを思いだした。たしかあの橋のたもとのレストランだ。漕ぎ手の顔は、その店の壁にかけられていた黄金の仮面に似ている。

若い男は静かに、長い櫂を動かしている。もしかするとこれは、カロンの艀《はしけ》と呼ばれるものなのか。そう考えてみたところで、あわてる気持ちも動揺もない。父も母もこれでいったのだ。同じように私も死にむかっているのだろう。おとなたちにまじって、幼い少女の姿もあった。赤い髪留めをして、舟のへりに座っている。まだ何年も生きたわけではない少女の時間が、凝縮され濃密になってそこにある。よく見れば、四つで死んだ私の姉ではないか。そう思って少女の横顔を注視すると、まるで歳月を重ねた思慮深い老女のようにも見えてくる。

気がつくと私は舟のたもにいて、すぐ隣には若い漕ぎ手が立っている。驚くほど秀麗な顔だ。私は死んだのか、と尋ねると意外にも、そうではない、という。どうやら簡単には死ねないものらしい。生と死はどのようにつながっているのか、それとも断絶しているのか。その疑問が浮かんだが、口にはしなかった。だれかに尋ねたかったが、たとえそうしたところで、旅人たちはもう死んでいるので聞こえはしないだろう。

青いシャツ

古い港には舟に棲む人たちが多くいるけれど、だれも港のことは知らない。ここには履歴がないのだ。おそらく、さまざまなものが入れ替わり、上書きされていくからだろう。あるいは自分と似た人が、阿片中毒者のようにここで暮らしているからなのかもしれない。あれは私ではない、とだれもが口にするが、その否定がたしかなのかは疑問だ。

青いシャツを着た旅行者が、なにかの歌をつぶやくように歌いながら、小舟に乗った。舟はこもったエンジン音を響かせながら、ゆっくりと古い港を進む。小さな平底の木造船がひしめきあうように浮かんでいて、旅行者の目のまえを舟の暮らしが流れていった。ある舟では、古びた鉄の扇風機がとろとろと回っていた。傾いた西陽が、舟べりに座っている男の顔を赤く染めている。男は上半身裸で、まだ若いようだった。舷に肘をかけ、ほとんど波のない海に虚ろな視線を落としている。男の舟からラジオが聞こえてくるが、その言葉を旅行者は理解しない。夕暮れの海は蒸し暑く、雨が降ればいいと旅行者は思った。雨の気配はあるけれど、もう何日も雨は降っていない。

舟べりの男がふいに視線をあげた。自身がなにかの歌をつぶやくように歌っていることに驚いたのだ。ねぐらにしている舟のすぐそばを、旅行者らしき男を乗せた舟がとおりすぎていく。あんな青いシャツを着た男など、この港にはいない。けれども、舟べりの男はその服に見覚えがあるような気がした。たしかにあの服だ。男はなにかを思いだそうとして眉根をしかめたが、すぐにあきらめた。男には履歴がない。あのよそ者にはあるのだろうか。男は、あのよそ者が自分で自分があのよそ者である、ということを夢想してみる。それはないことではない。人とはこの港のように空虚な場所なのだ。青いシャツの男が笑いかけてくる。それどころか、なにか言葉さえ発している。しかし、男はその意味を理解しない。ラジオから天気予報が流れてくる。あすは雨が降るらしい。古びた扇風機がガラガラと音をたてて回っていた。

球体関節人形

晴れた夏の日のことだった。廃屋となったビルの外側に設置された鉄階段で、休憩をとる人のようにその人形は座っていた。接合部分が可動式になっているため、かなり自由な姿勢をとることができるらしい。だがよく見ると、右足の膝から下がない。そのせいか、夏の太陽に灼かれるその姿は、うな垂れているかのようだ。嗜虐的な欲望がおれのなかで跳ねた。危険だ。しかし、人形がもつ傷つきやすさは、淫夢のように人心を絡めとってしまう。

これが、球体関節人形というものなのだろうか。人ではないにもかかわらず、人の気配を漂わせている人型の妖しさに、おれは見いってしまった。おれは恐るおそる手を伸ばし、そっとふれ、人形の無機質な冷たさ、がらんどうの虚ろさにたじろいだ。人のかたちをもったオブジェに、自分たちが根拠としているものの不確かさを見て、おののいているのだ。人形と暮らしてきたこのおれが、その繊細さ、その不可解さにとりこまれようとしている。

傀儡子《くぐつ》として流浪の生を送ってきたおれにとって、人形のはかなさ、無情さは自明のことである。ある者はそれらを身に宿し、妖しさに耽り、狂気のなかに崩れていった。それを恐れ、多くの者は遠巻きに見ているか、見て見ぬふりをしている。傀儡子はその境界を生き、人形を吊るし操っている。だがこの晴れた夏の日に、とうとうおれは捕獲されてしまった。比喩ではない。おれは人形に片足をもがれ、糸で吊るされ、操られる身となったのだ。

白磁器

古都に、雨が降る。静かな明るい雨が、疎水を打ち、石畳を濡らしている。軒先で傘をたたみ、店に足を踏みいれる。棚にならんでいる白い器たちは均質で、つやつやと美しい。人は、白磁器に似ている。

白磁の冷たさに、人は戸惑う。朝鮮、伊万里、あるいはマイセン。傑出したものへの畏怖からか、それとも壊れやすさへの憂いか。伸ばしたかけた手に、ためらいが宿る。手は、心のかたちを映している。

しかし、器そのものにも、ためらいのかたちは宿っている。透明さを帯びたつややかな地肌、異様なまでに硬質な手ざわり、その強度。

にもかかわらず、ためらいのかたちがある。それは器の、おびえだ。器のたたずまいが、見る者のまなざしを惹きつけて離さない。夏の疎水べりで見た立ち姿に、似ている。絽のもつ涼やかな気品が、器にはある。恋しいと思う心は罪だ。それは、おびえを心のなかに宿す。

般若がいる、とかつてその人はいった。それをかぶって川を流れる夢を、いつも見ると。能の世界では強い情念を示すという般若面を、身に宿していたのか。火に焼かれた白磁にも、その哀れが棲みつく。

すぎゆくものを眺めるという心には、いつしか嘘がまじる。過去を迎えにいくことは、毒だ。白磁の器は、いつくしむ手のかたちを律する。白磁の静寂が、無言で語る。いまこのときにただ身を投じよと。

古都に、雨が降る。かたちあるものは崩れ、流れゆく。人が人を、恋しいと思う心も流れる。人はやはり、白磁器に似ている。土から生まれ、土へと還るものに。外にでて傘をさす。静かな雨音が、甦る。

冬の踊り子

冬の公園で、幼いこどもたちが身を躍らせている。柔らかな髪を風になびかせ、枯れ葉のうえをころげるようにして踊っている。そのかからだからは、自然に踊りが生まれてくるようだ。

むしろ踊りを踊るダンサーのほうに、踊りが欠けている。踊りはそれをとらえようとすれば、するりと身をかわし、たちまちどこかに隠れてしまう。捕獲には罠が必要だ。罠とは、技巧である。たとえばバレエでは、爪先立つシュル・レ・ポワントによって高みをめざし、微妙なバランスを保つことでたぐい稀な美にたどり着こうとする。重力に支配され、物理的な制約をうけている身体を、飛翔と回転によってその檻から解き放とうとする。その動きはとても美しい。

ところが、こどもたちの無垢な踊りを見ていると、ふと小さな疑念が浮かぶ。技巧が優れていればいるほど、どこかで踊りの神様のようなものが遠ざかりはしないか。まるでみずからが仕掛けた罠によって、みずからが絡めとられているかのようだ。なぜ、そんなことが起こるのだろう。それはきっと、踊りというものが〈対象〉ではないからだ。とらえようとすればするほど、なにかにつまずく。型をつくるという行為は、定義することにひとしい。そうすることで美しさは反復可能となる。けれども、定義が厳密であればあるほど、踊りはその檻に閉じこめられる。言葉ととてもよく似ている。

遠く、低く響いてくる街のざわめき。冬の公園に、こどもたちはもういない。そこにはもう、なにも熱いものはなかった。プラタナスの裸木たちが、風に揺れている。とても言葉では追いつけはしない。

硝子《ガラス》のボート

顔のない人たちと、エレベーターに乗っている。なじみのない都市の、なじみのないファッションビルだ。透明なガラス管のなかを、透明なボックスがゆっくり、音もなく上昇していく。視線が鳥になる。まるで死んでいくみたいに。

夕暮れが迫っている。路地の闇に、若い人影が消えていくのを、鳥の視点から眺めている。あれは二十歳の、おれだ。気持ちのなかを吹きすぎる親しみ深い寒風がよみがえる。裸足で歩いているような、あの心もとない感じとともに。

冬の日の公園で、灰色の空に鳥を見たことをふいに思いだす。ポプラの裸木が若いおれたちのように立ちすくんで、尖った枝をさらしていた。そこには若くして死んだ友だちも混じっているようだった。木々の姿は、清冽な線刻画だ。

小舟が岸に着くように、透明なボックスがとまる。ドアが開き、人の群れが降りていく。顔のないおれたちは、なにか目的があったかのように歩きだす。生きていくことは、とてもだらしない気がするけれど、そうでもないのだろう。

オリーブと猫

小さなかたい葉っぱを冷たくして、冬の日のオリーブの木が寒さに耐えている。人のような姿で立っているのは、人のような感情が流れているからだろう。しんとした家にすてられた少年がいるが、すてられたことを知らない。それはよくあることだ。少年がオリーブに手を伸ばす。どちらも冷たくて、どちらも孤独な心をかかえている。窓ガラスごしの空は薄い水色の絵具を流したかのよう。どこかで見た気がするのは、オリーブの記憶が枝分かれして、少年に流れこんでいるからなのか。

家は高台にあった。少年は外にでて、坂道から冬の港に目をやる。

海は荒れて、白波がたっていた。黒い貨物船が揺れているこの情景も、どこかで見た気がする。石畳の坂を走りさる自転車、ころがる枯れ葉、みんなガイコツの踊りみたいだ。もの陰の野良猫たちは、背を丸め前足をたたんでいる。どの猫もしかめっ面をして、耳が欠け、少年を見る目がとげとげしい。こっちにくるな、といっている。でも水色の目をした仔猫が一匹、ゆっくりと近づいてくる。目脂《めやに》だらけの顔や泥に汚れた傷だらけのからだを、こすりつけてくる。少年はそのからだにふれてみる。冷たくて痩せた毛。空は薄い灰色になって、雪がちらつく。少年は仔猫を抱きあげる。薄い水色の目が、凍えた海を見る。仔猫も、オリーブの友だちになれるよ。

冷たい楽園

人はなぜ石を積むのか。その問いは正しいとはいえない。石を積むということが人なのだ。私の生まれ育った集落では、古くから石が積まれてきた。人や動物、木、鳥などのかたちに積まれた石は、ときに人の背丈の二倍に達し、それらは石形と呼ばれてきた。宝石を身につけることは装飾である以上に、守護であり定めである。石形もまた同じだ。鉱物とは運命の結晶であり、石積みはその運動の軌跡なのだ。そこには世界のすべてがある。だから人は石を積み、石の声に耳を傾けてきた。

あの集落を離れてから、ずいぶん長い時間が流れている。私は石を遠ざけ、石に疎まれてきた。私はすてられたこどもだったのだ。いまもなお愛を知らないこどもなのだ。その命のかたちを石は見ている。きょう、朝の光がさしこむ冬のダイニングの、澄んだ湖面のような音のない空間に、目には見えないけれど、なにか命あるものの気配があった。私はその緊張だけを皮膚に移しとって、家をでた。冷気のなか、畏怖するものに出会ったときのように、神経がひとつひとつ背筋を正していく。

私は坂道に立って、白銀色にきらめく冬の海を目にしていた。手を伸ばせば、その輝きをつかみとれるような気がする。水平線のすこしうえで、太陽が冷たく燃えていた。頭上には、淡い水色が広がっている。天蓋は空気の層ではなく、半透明の鉱物だった。あらゆるものは、その硬質さのなかにある。私がいつか死ぬとき、世界は私を憎むことをやめるだろう。私が無数の鉱物へと還っていくとき、空はこの静けさのなかに私を迎えいれてくれるだろう。そこにはきっと、冷たい楽園がある。

楕円形の森

蟻が、蝶の翅を運んでいく。

まるでヨットの帆影のようだと、中距離ランナーは思った。蟻はラインの白さをゆっくりと渡っていく。なぜ、競技中のランナーにその姿が見えたのか。数学的な精緻さを備えたみずみずしい走りが、自然の不可思議さに同調したのかもしれない。太陽が冷たく燃えさかっている。まるで死の完成のように、完璧な夏が競技場に横たわっていた。歓声が波音のようわきあがり、急速に高まっていく。すべてが放物線の頂点にあって、すべてが動きを停止していた。しかし、それは錯覚にちがいない。すでに落下する夏があった。にもかかわらず、だれも気づていないか、あるいは気づかないふりをしている。そして、夏はおわっていく。

中距離ランナーだった男の、栄光を知る人はだれもいなくなって、真冬のグラウンドに雪が降る。寒波が押し寄せて、空気はひどく冷たい。雪は勢いをまし、赤土のトラックが真っ白な薄い皮膜におおわれていくなかを、男は走る。楕円形を、走る。すでに若さを失ってしまった年齢だが、姿勢がよく、足どりも軽い。走っている男は寒くはないが、手は冷たかった。眼球も冷たかった。ここは、静かな場所だ。人生の広場のようだ、と男は思った。ただ、もうだれもいない。男は走り続けているが、その姿もしだいに見えなくなり、足音だけが規則正しいリズムを刻んで響いてくる。男はトラックのわきに倒れていた。そこに雪は降り積み、そのからだをつつむ。すべては白くなった。

やがていくつもの季節がめぐり、男の倒れていた場所にはこんもり土が盛りあがっていた。草が生え、その緑はしだいに広がって、あたり一面をおおいつくしていった。陽が照りつけ、植物は育ち、雨が降り、風が吹いて、やがて草は枯れ、雪が降り、また陽がさして、水が流れる。いつしかそこは小さな森に姿を変えて、頂点もなく落下もなく、すべてが環を描くように回り続ける。どこかへむかっているのか、どこにもむかっていないのか。

ただ、蟻だけが渡っていく。

大西　昭彦（おおにし　あきひこ）

詩集

『狂った庭』（澪標、2019年）

『太陽と砂』（名義／佐々林　太陽書房、2009年）

その他の単著

『夏祭りの戯れ』（東方出版、2018年）

詩集　楕円形の森
二〇二一年九月三〇日初版第一刷発行
著　者　大西昭彦
発行者　松村信人
発行所　澪標《みおつくし》
大阪市中央区内平野町二―三―十一―二〇三
TEL　〇六―六九四四―〇八六九
FAX　〇六―六九四四―〇六〇〇
振替　〇〇九七〇―三―七二五〇六
印刷製本　亜細亜印刷株式会社